Johann Friedrich Blumenbach

Über Den Bildungstrieb

in Großdruckschrift

MEGALI

Johann Friedrich Blumenbach

Über Den Bildungstrieb

in Großdruckschrift

Reproduktion des Originals.

1. Auflage 2023 | ISBN: 978-3-38708-196-1

Megali Verlag ist ein Imprint der Outlook Verlagsgesellschaft mbH.

Verlag: Outlook Verlag GmbH, Zeilweg 44, 60439 Frankfurt, Deutschland
Vertretungsberechtigt: E. Roepke, Zeilweg 44, 60439 Frankfurt, Deutschland
Druck: Books on Demand GmbH, In de Tarpen 42, 22848 Norderstedt, Deutschland

ÜBER DEN
BILDUNGSTRIEB

JOH. FR. BLUMENBACH

1789

Ich habe seit der Zeit, da ich den ersten Aufsatz über den Bildungstrieb im Göttingischen Magazin bekannt gemacht, keine Gelegenheit versäumt, diesen Gegenstand durch Beobachtungen und Nachdenken weiter zu verfolgen und in helleres Licht zu setzen, glaube auch alles Wichtige gelesen, geprüft und benutzt zu haben, was von andern seitdem für oder wider denselben in Schriften geäusert worden, und habe gesucht den Kern aus dem, was ich schon davon bekannt gemacht, und die Resultate meiner fernern zeitherigen Untersuchungen darüber, in diesen Blättern zusammen zu fassen: und sie bey diesen wesentlichen Vorzügen auch gleich im Aeusern von den vorigen unreifern Ausgaben gänzlich auszuzeichnen. Göttingen, den 28ten Jan. 1789.

Deutung der Kupfer-Verzierungen.

1. Auf dem Titel, eine Brüt-Henne als Symbol des Bildungstriebes im Thierreich.

2. Auf der Anfangsleiste S. 1. ein aufkeimend Saamenkorn als Bild dieses Triebes im Gewächsreich. Nach einer alten silbernen Münze von Reggio in Calabrien beym GOLTZ.

3. Am Schluß S. 108. eine anständige und doch wie Naturkenner wissen, sehr bedeutungsvolle Vorstellung des Genusses, der dann den Bildungstrieb zur Folge hat.

Kopfleiste

Erster Abschnitt.

Von den verschiednen Wegen die man eingeschlagen hat, zu einigem Aufschluß über das Zeugungsgeschäfte zu gelangen.

Was geht im Innern eines Geschöpfes vor, wenn es sich der süßesten aller Regungen überlassen hat, und nun von einem zweyten befruchtet einem dritten das Leben geben soll?

Nicht leicht wird eine Frage dieser Art genannt werden können, die so allgemein und so zu allen Zeiten die heiße Neugierde des Menschen, gereizt haben muß, als eben diese. Denn so abentheuerlich es auch sonst scheint, die Betrachtungen und Reflexionen des ersten Menschenpaars bestimmen zu wollen, so natürlich bleibt doch die Voraussetzung, daß dieses uns allen eben durch die Befolgung jenes süßesten unwiderstehlichsten Triebes so wichtig gewordne Paar sehr bald erst zum Staunen und dann zum Nachsinnen gekommen seyn mag, wie es allgemach bemerkte, was dieselbe für eine große Wirkung — eine gleichsam wiederholte Schöpfung — nach sich ziehe. So geläufig ihm aber gar bald diese Erfahrung werden mußte, so sehr demüthigt es das menschliche Wissen, daß die Urenkel jenes Paars nach so langen Jahrtausenden über die

Erklärung dieser Erfahrung noch so weniges befriedigendes Licht haben verbreiten können, ungeachtet dieselbe in der Folge gar bald der allgemeinste Gegenstand für Untersuchung der nachdenkenden Köpfe geworden zu seyn scheint. Wenigstens betrifft das was noch von Bruchstücken physiologischer Lehren und Meinungen der ältesten Weltweisen und Aerzte[1] bey spätern Schriftstellern aufbewahrt worden, großentheils Untersuchungen über das Geheimnis der Zeugung: und seitdem vollends ist in der Litterargeschichte der Philosophie und Arzneywissenschaft keine Periode, worin sich nicht immer andre Männer auf die weitere Verfolgung derselben eingelassen haben sollten.

Selbst in den düstern Jahrhunderten des mittlern Zeitalters, wo sonst aller übrige Forschungsgeist im tiefen Schlummer der Mönchsbarbarey versenkt lag, wachte doch immer die rege Neugierde über diesen Gegenstand, so daß uns von den geistlichen Herren jener Zeit noch manche sehr fleischlich abgefaßte Bücher übrig sind[2], die zum Beweise dienen, wie sehr sie sich auch die Theorie desselben haben angelegen seyn lassen.

Kein Wunder also, daß sich auch die Generations-Systeme, die Versuche das große Problem zu lösen, nach und nach fast ins Unendliche mehrten, und kein Zugang unbetreten blieb, wenn man nur irgend wähnen konnte, daß er zu einem Aufschluß hierüber führen werde, so daß dann freylich auch der offenbarsten Irrwege in keinem andern Felde der Naturwissenschaft so viele geworden sind, als eben hier.

Schon BOERHAAVE'S Lehrer, DRELINCOURT, hat allein 262 grundlose Hypothesen über das Zeugungsgeschäfte aus den Schriften seiner Vorgänger zusammen gestellt, — und nichts ist gewisser, als daß sein eignes System die 263te ausmacht.

Inzwischen lassen sich doch diese unzählig-scheinenden Pfade die man sich zu bahnen versucht hat, um zur Lösung dieses größten aller physiologischen Räthsel zu gelangen, am Ende alle auf zwey Hauptwege hinausführen, die neuerlich unter den Namen der Evolution und der Epigenese allgemein bekannt worden.

Entweder nemlich man nimmt an, daß der reife, übrigens aber rohe ungeformte Zeugungsstoff der Eltern, wenn er zu seiner Zeit und unter den erforderlichen Umständen an den Ort seiner Bestimmung gelangt, dann zum neuen Geschöpfe allmälig ausgebildet werde. Dieß lehrt die Epigenese.

Oder aber man verwirft alle Zeugung in der Welt, und glaubt dagegen, daß zu allen Menschen und Thieren und Pflanzen, die je gelebt haben und noch leben werden, *die Keime* gleich bey der ersten Schöpfung erschaffen worden, so daß sich nun eine Generation nach der andern blos zu *entwickeln* braucht. Deshalb heißt dieß die Lehre der Evolution.

Allein die Art und Weise dieser Evolution selbst, hat man wieder durch sehr verschiedne Theorien zu erklären versucht.

HERACLIT nemlich (mit dem Zunamen, *der Düstere*) und HIPPOCRATES oder wer sonst der Verfasser der unter des letztern Werken befindlichen Bücher von der Lebensordnung seyn mag, meinten, so wie manche ihrer neuern Nachfolger, diese Keime seyen auf und in der ganzen Erde verbreitet, wo sie so lange umherschwärmten, bis jeder die Zeugungstheile eines seiner schon entwickelten Brüder von seiner Art anträfe, in ihnen gleichsam Wurzel schlagen, seine bisherige Hülle abwerfen, und nun selbst zur Entwickelung gelangen könne.

Diese Theorie hat aber außer dem (hier freylich am wenigsten blendenden) Ansehen des HIPPOCRATES so schlechterdings nichts vor sich, sondern ist so ganz blos aus den abentheuerlichsten willkührlichsten Voraussetzungen aufgebaut, daß man nicht absieht, was für irgend eine Hypothese man sich als unwahrscheinlich versagen dürfte, wenn man sich eine solche, wie diese sogenannte *Panspermie*, erlauben wollte. — Auch entschuldigt unser sel. GESNER den Aufwand von Gelehrsamkeit, womit er diesen Roman beym HIPPOCRATES commentirt hat, blos mit dem

Bonmot der Königin CHRISTINA: daß die Grillen der Alten immer doch eben soviel werth seyen, als die Grillen der Neuern.

Mehr Beyfall haben zwey andere Evolutionstheorien erhalten, nach welchen beiden die Keime nicht umherschwärmen, sondern fein ruhig in einander geschachtelt und bey der ersten Schöpfung gleich in die ersten Stammeltern gelegt seyn sollten, so daß nun eine Generation derselben nach der andern durch die Paarung oder Befruchtung zur Entwickelung gelange. Der Unterschied zwischen beiden Theorien war blos der, daß diese Keime nach der einen beym Vater, nach der andern aber bey der Mutter liegen sollten.

Wie nemlich im vorigen Jahrhundert die Vergrößerungsgläser erfunden waren, und sich hiedurch Aussichten in eine neue Welt von microscopischen Geschöpfen öffneten, so war bey der Neuheit dieser Erfindung und der Leichtigkeit ihres Gebrauchs nichts natürlicher als daß man nun aufs gerathewohl tausenderley Objecte unters Microscop brachte, das so sehr mannichfaltige große Ueberraschungen gewährte. So besah auch unter andern ein junger Danziger LUDW. VON HAMMEN, der damals in Leiden Medicin studirte im Aug. 1677 einen Tropfen männlichen Saamen von einem Hahn, den er eben geöffnet hatte, unter seinem Glas, und erstaunte diesen Tropfen als einen Ocean zu erblicken, der von unzähligen flinken, raschen kleinen Thierchen belebt war. Diese unerwartete Erfahrung bestätigte sich im reifen Saamen anderer männlichen Thiere, und nun glaubte man in diesen Saamenwürmchen die Keime zu künftigen vollkommnen Geschöpfen und mit ihnen folglich auch den Schlüssel zum Geheimnis der Zeugung gefunden zu haben. Nun begreife ich zwar nicht wie Naturforscher und Physiologen von Profession den Saamenthierchen die willkührliche Bewegung und überhaupt die Animalität haben absprechen können: aber noch weit unbegreiflicher ist es, wie andre Männer diese in einem stagnirenden thierischen Safte, (so wie ähnliche Infusionsthierchen in andern Säften) zu erwartenden Würmchen zu beseelten Keimen künftiger Menschen und Thiere haben hinaufwürdigen und erheben dürfen.

Ohne die längst bekannten, aber nie nur leidlich gehobnen Zweifel zu wiederholen, die sich gegen eine so seltsame Behauptung empören, so begnüge ich mich hier nur einige wenige Bedenklichkeiten hinzuzusetzen, die doch auch ungelehrten Lesern diese vorgegebne Würde der Saamenthierchen sehr verdächtig machen müssen. So z. B. daß die Würmchen im Saamen der nächstverwandten Thiere in ihrer Bildung so gänzlich von einander verschieden, und andre, von den unähnlichsten Thieren einander so auffallend ähnlich sind! Es kan kaum eine größere Unähnlichkeit geben, als die zwischen den Saamenthierchen des Frosches beym Hrn. VON GLEICHEN und denen vom Wassermolch bey Hrn. SPALLANZANI. Hingegen kan die Aehnlichkeit zwischen zwey Wassertropfen nicht täuschender seyn, als die zwischen den Saamenthierchen des Menschen und des Esels in den Kupfern des erstern von jenen beiden Beobachtern.

Eben dieser neuerliche, und hoffentlich letzte Verfechter jener Würde der Saamenthierchen, hat beym Frosche gar zweyerley Arten dieser Würmchen zugleich im gleichen Tropfen gesehen — und doch sind wiederum beide von derjenigen Gattung die RÖSEL im Froschsaamen gesehen, gleich weit verschieden! und jene haben sich noch dazu in den Nieren so gut, wie in den Saamenbläsgen gefunden etc.

Lauter Erscheinungen, die die zufällige Unbestimtheit dieser fremden *Gäste* des männlichen Saamens so sehr erweisen, und die ihnen aufgedrungene Würde so ganz vernichten, daß man wenigstens eben so leicht hoffen darf mit dem sittsamen PARACELSUS[3] und dem Mahler GAUTIER[4] aus bloßem männlichen Saamen einen vollkommnen menschlichen Embryo hervorzubringen, als ihn mit dem berühmten Academisten HARTZOEKER[5] in jedem menschlichen Saamenthierchen völlig schon so wie nachher im Mutterleibe krumm zusammen gebogen sitzen zu sehen.

Schon vor Entdeckung der Saamenthierchen hatte ein sonst wenig bekannter Mann JOSEPH DE AROMATARIIS einen dritten Weg eingeschlagen, das Zeugungsgeschäfte durch Evolution zu erklären, denjenigen nemlich, der auf die vorgeblichen im mütterlichen Eyerstock längst vor der Empfängnis zur Entwickelung vorräthig liegenden präformirten Keime hinausläuft. Auch SWAMMERDAM hat ihn betreten, doch blieb er im ganzen, vollends seit nun die Saamenwürmchen das große Aufsehn machten, wenig besucht, bis er mit einem Male in neuern Zeiten durch die Bemühungen der großen Männer HALLER und BONNET am gangbarsten von allen gemacht ward.

Nach *dieser* Evolutionstheorie haben wir, so wie das ganze Menschengeschlecht in den beiden Eyerstöcken unserer ersten Stamm-Mutter in einander geschachtelt und wie im tiefsten Todesschlaf versenkt beysammen gelegen. Zwar sehr im Kleinen, als Keime, aber, versteht sich, als präformirte, völlig ausgebildete Miniaturen. Denn, sagt Hr. V. HALLER, *"alle Eingeweide und die Knochen selbst waren schon vorhero gebaut gegenwärtig, obgleich in einem fast flüssigen Zustande."* Was man Empfängnis nennt, ist nichts als das Erwachen des schlaftrunknen Keims durch den Reiz des auf ihn wirkenden männlichen Saamens, der sein Herzchen zum ersten Schlage antreibt u. s. w. Auch hat uns daher vor Kurzem einer der neuesten Verfechter dieser Theorie, ein berühmter Genfer Naturforscher, mit nichts geringerm, als einem Entwurf der Geschichte der organisirten Körper *vor ihrer Befruchtung*, beschenkt, und uns darin belehrt, daß wir 1) alle weit älter sind als wir geglaubt hatten; daß 2) alle Menschen in der Welt von gleichem Alter sind, der Großvater nicht um einen Tag älter als sein neugeborner Enkel etc. und daß sich 3) dieses ehrwürdige Alter aller Menschen, die gegenwärtig auf dem Erdenrund leben, nahe gegen 6000 Jahre erstreckt. — Auch tritt er ganz der Meinung bey, die schon BAZIN behauptet, daß wir seit der lieben langen Zeit da wir mit Cain und Abel und den 200,000 Millionen übrigen Menschen zusammen steckten, die der gemeinen Rechnung nach, seitdem vor uns dahin gegangen sind *quo pius Aeneas quo Tullus diues et Ancus*, kurz seit der ersten Schöpfung, zwar *incognito* und schlaftrunken, aber doch nicht ganz ohne Bewegung brach gelegen haben, und daß wir während der 57 Jahrhunderte eh uns die Reihe traf, daß wir durch den oberwähnten Reiz entwickelt wurden, doch immer nach und nach sachte gewachsen sind: wir konnten uns nemlich bey Cains Schwester schon ein bißgen mehr ausdehnen, als bey ihrer Mutter, wo sie selbst nebst ihren Geschwistern noch bey uns lag und uns den Raum beengte; und so kriegten wir mit jeder neuen Entwickelung eines unsrer Vorfahren ein geräumiger Logis, und das that uns wohl, da streckten wir uns immer mehr und mehr, bis endlich die Reihe der Entwickelung auch an uns kam!

So abentheuerlich romanhaft diese letztern Behauptungen scheinen mögen, so fließen sie doch im Grunde ziemlich natürlich aus den Grundsätzen jener Theorie. Für diese Grundsätze selbst aber führten die Verfechter derselben, Hr. VON HALLER, Hr. SPALLANZANI etc. Erfahrungen und Beobachtungen an, die wir im nächsten Abschnitt näher beleuchten werden, die aber auf den ersten Blick so einleuchtend und entscheidend scheinen, daß sich der allgemeine Beyfall doch ganz wohl begreifen läßt, womit, zumal in den letztern 30 Jahren, die Präexistenz der präformirten Keime im weiblichen Eye lange vor ihrer Befruchtung und Entwickelung, aufgenommen wurde. Auch ich habe ihr vorhin beygepflichtet, habe sie gelehrt und in mehreren Schriften vertheidigt, so daß in so fern hier diese Blätter das Geständnis eigner Irthümer enthalten, denen ich nichts mehr wünsche, als was Hr. DE LUC irgendwo sagt: "ein verbesserter Irthum wird oft zu einer ungleich wichtigern Wahrheit, als manche positive Wahrheiten, die unmittelbar als solche anerkannt worden."

Der unerwartete Erfolg eines kleinen Versuchs den ich doch recht in der Absicht angestellt hatte, um die Richtigkeit jener Evolutionstheorie und den Ungrund der allmäligen Bildung zu erweisen, brachte mich erst zum Scheideweg zurück und öffnete mir bald eine neue der vorigen sehr entgegengesetzte Bahn. Wer so wieder die Natur kämpft, dem geht's doch leicht bey einem unversehenen Blick in ihre enthülltern Reize, wie dort dem Menelaus, da er ausgegangen war sein Schwerd gegen Helena zu zucken: kaum sah sein Auge den Busen den er durchbohren wollte, so sank sein gewaffneter Arm, und es war nun nicht um sie, sondern um ihn geschehen[6].

Der Anlaß zu jenem Versuch war der: Ich fand, da ich einige Ferientage auf dem Lande zubrachte, in einem Mühlbache eine Art grüner Armpolypen, die sich durch einen langgestreckten spindelförmigen Körper, und kurze meist steife Arme von der gemeinen grünen Gattung auszeichneten, und mit deren Wundern ich meiner Gesellschaft einen Theil ihrer Zeit vertreiben sollte. Theils das warme trockne Sommerwetter, noch mehr aber die dauerhafte Constitution dieser Polypen begünstigte die bekannten Reproductionsversuche die wir damit anstellten so, daß die Wiederersetzung gleichsam zusehends von statten zu gehen schien. Schon den zweyten, dritten Tag waren den verstümmelten Thieren wieder Arme, Schwänze u. s. w. angewachsen; nur bemerkten wir immer sehr deutlich, daß die neuergänzten Polypen bey allem reichlichen Futter, doch weit *kleiner* als vorher waren: und ein verstümmelter Rumpf, so wie er die verlornen Theile wieder hervortrieb, auch im gleichen Maaße, recht sichtlich einzukriechen, und kürzer und dünner zu werden schien u. s. w.[7]

Einige Zeit nachdem ich wieder zur Stadt gekommen war, mußte ich einen Menschen besuchen, der schon lange am Winddorn krank gelegen hatte. Der Schade war über dem Knie, und offen, und auch die weichen Theile zu einer tiefen Grube ausgeeitert. Es besserte sich nachher, aber so wie die Lücke im Fleisch nach und nach wieder mit plastischer Lymphe zur Narbe angefüllt wurde, so senkte sich auch[8] das benachbarte gesunde Fleisch im gleichen Grade allgemach nieder, schien gleichsam zu schwinden, so daß endlich die Narbe in der Grube und das Fleisch am Rande derselben wieder fast gleich standen, und jene nur noch eine breite aber ziemlich flache Delle machten. Also *mutatis mutandis* der gleiche Fall, wie bey meinen grünen Armpolypen aus dem Mühlgraben.

Ich habe seit der Zeit einen großen Theil meiner Muße auf die weitere Prüfung und Untersuchung dieser damaligen Erfahrungen verwandt, und alles was ich darin durch Beobachten und Nachdenken gelernt habe, führt mich am Ende zu der Ueberzeugung:

Daß keine präformirten Keime präexistiren: sondern daß in dem vorher rohen ungebildeten Zeugungsstoff der organisirten Körper nachdem er zu seiner Reife und an den Ort seiner Bestimmung gelangt ist, ein besonderer, dann lebenslang thätiger Trieb rege wird, ihre bestimmte Gestalt anfangs anzunehmen, dann lebenslang zu erhalten, und wenn sie ja etwa verstümmelt worden, wo möglich wieder herzustellen.

Ein Trieb, der folglich zu den Lebenskräften gehört, der aber eben so deutlich von den übrigen Arten der Lebenskraft der organisirten Körper (der Contractilität, Irritabilität, Sensilität etc.) als von den allgemeinen physischen Kräften der Körper überhaupt, verschieden ist; der die erste wichtigste Kraft zu aller Zeugung, Ernährung, und Reproduction zu seyn scheint, und den man um ihn von andern Lebenskräften zu unterscheiden, mit dem Namen des *Bildungstriebes (nisus formatiuus)* bezeichnen kan.

Hoffentlich ist für die mehresten Leser die Erinnerung sehr überflüssig, daß *das Wort* Bildungstrieb, so gut, wie *die Worte* Attraction[9], Schwere etc. zu nichts mehr und nichts weniger dienen soll, als eine Kraft zu bezeichnen, deren constante Wirkung aus der Erfahrung anerkannt worden, deren *Ursache* aber so gut wie die Ursache der genannten, noch so allgemein anerkannten Naturkräfte, für uns *qualitas occulta* ist. Es gilt von allen diesen Kräften was OVID sagt: — *causa latet, vis est notissima.* Das Verdienst beym Studium dieser Kräfte ist nur das, ihre Wirkungen näher zu bestimmen und auf allgemeinere Gesetze zurück zu bringen.

D'ALEMBERT'S Nachfolger, der Hr. M. DE CONDORCET sagt in seiner Lobrede auf unsern HALLER bey Gelegenheit der Irritabilität: "Man fing wie gewöhnlich damit an, daß man die

Wahrheit der Sache läugnete; — und da das endlich doch nicht länger mit Ehren sich thun lies, so endigte man damit, daß man nun sagte, das sey ja was altes längst bekanntes!"

Da man nun neuerlich schon scharfsichtig genug worden ist, eben die thierische Reizbarkeit schon im HOMER, und den Harveyischen Blutumlauf im Prediger SALOMO beschrieben zu finden, so müßte es vollends nicht gut seyn, wenn sich nicht auch zur Noth der ganze *nisus formativus* aus allen den Werken über die Erzeugung, die seit 2000 Jahren geschrieben und nun zusammen zu keiner kleinen Bibliothek angeschwollen sind, sollte herausdeuten lassen. Zumal da die *vis plastica* der Alten (besonders der peripatetischen Schule) bey der Aehnlichkeit des Namens mit *nisus formativus* zu einem solchen *qui pro quo* verleiten könnte.

Es soll mich aber freuen, wenn man mir einen einzigen dieser Alten aufstellt, der von seiner plastischen Kraft auch nur einigermaßen die bestimmten und den Phänomenen des Zeugungsgeschäftes so genau entsprechenden Begriffe gäbe[10], wie ich sie in diesen Blättern, (besonders im dritten Abschnitt) vom Bildungstriebe zu geben versucht habe.

Ein sehr scharfsichtiger Physiologe Hr. C. F. WOLFF in Petersburg hat eine andre Kraft fürs Wachsthum der Thiere und Pflanzen angenommen, die er *vis essentialis* nennt: und die ebenfalls, wenn man sie blos vom Hörensagen kennt, auf den ersten Blick mit dem *nisus formativus* vermengt werden könnte.

Die gänzliche Verschiedenheit zwischen beiden muß aber einem jeden einleuchten, sobald er sich die Mühe nimmt, den wahren Begriff den Hr. WOLFF selbst von seiner *vis essentialis* angiebt in seiner *theoria generationis* nachzulesen[11].

Ihm ist seine *vis essentialis* blos diejenige Kraft, wodurch der Nahrungsstoff in die Pflanze oder in das junge Thier getrieben wird. Dieß ist folglich zwar ein Requisit *zum* Bildungstrieb — aber bey weitem nicht der Bildungstrieb selbst. Denn jene *vis essentialis* wodurch die Nahrungssäfte in die Pflanze gebracht werden, zeigt sich auch bey den unförmlichsten, widernatürlichsten, wuchernden Auswüchsen der Gewächse, (an Baumstämmen etc.) wo gar kein bestimmter Bildungstrieb statt hat. Eben so bey Mondkälbern etc.

Umgekehrt kan die *vis essentialis* bey schlecht ernährten organischen Körpern sehr schwach seyn, dem eigentlichen Bildungstriebe übrigens unbeschadet u. s. w.

So leid es mir thut, so bringt es doch die Natur der Sache einmal nicht anders mit sich, als daß ich den Gründen und Erfahrungen für den Bildungstrieb eine Wiederlegung der theils so blendenden Argumente vorausschicken muß[12], deren sich zumal Hr. VON HALLER zu Gunsten der Entwickelung aus dem weiblichen Eye bedient hat. Was mir indeß diese Abweichung von dem Manne, dessen Schriften und dessen Briefwechsel ich so unendlich viel verdanke, erleichtern kan, ist theils die Gewißheit, daß selbst ein großer Theil des etwanigen Guten, welches irgend in diesen Blättern enthalten seyn mag, doch in so fern ihm zu verdanken ist, als es durch Prüfung und weitern Verfolg seiner Untersuchungen veranlaßt wurde, und theils die Ungewißheit, ob er nicht selbst wohl schon auf andre Spuren gekommen, und in dem noch nicht bekannt gemachten Theil seines letzten großen Werks[13] von seiner vorigen Meinung wieder abgegangen seyn mag. Auf keinen Fall wird aber HALLER'S Ruhm das mindeste von seinem verdienten Glanze verlieren, wenn Er auch dennoch die eingewickelten Keime ferner behauptet, und sich der allmäligen Bildung noch weiter wiedersetzt haben sollte; so wenig als es HARVEY'S und NEWTON'S ewigen Nachruhm schwächen darf, daß Jener das Daseyn der Milchgefäße im thierischen Körper, und Dieser die Möglichkeit der farbenlosen Fernröhren geläugnet hat!

Fußnote

[1] Wie z. B. des Orpheus, des Pythagoras, Anaxagoras etc.
[2] Z. B. von Pabst Johann XX., von Bischof Albert dem Großen oder was sonst für ein ehrwürdiger Geistlicher der Verf. des

schmuzigen Büchleins von den Geheimnissen der Weiber ist. So M_{ICH. Scotus} und viele a. m.

[3] *Von Natur der Dinge an Johansen Winkelsteiner von Fryburg im Uchtland.* im VIten B. der Huserschen Ausg. seiner sämtlichen Werke. S. 263. u. f.

Ein ähnliches Product beschreibt A_{MAT.} L_{USITANUS} curation. medicinal. *Cent. VI. curat. 53. schol. p. 612.* "Certo scimus chimico artificio puerum conflatum esse, et omnia sua membra perfecta contraxisse, ac motum habuisse: qui cum a vase, vbi continebatur, esset extractus, moueri desiit. Nouit haec accuratius J_{ULIUS} C_{AMILLUS,} vir singularis doctrinae et rerum occultarum et variarum hac nostra aetate magnus scrutator, et Hetrusca sua lingua scriptor diligentissimus et accuratissimus."

[4] Man sehe seine *Génération de l'homme et des animaux.* Par. 1750. 12. wie auch die *Observ. sur l'hist. nat.* I Th. und seinen freylich etwas misgestalteten Fötus selbst mit lebendigen Farben vorgestellt. Taf. A. fig. 3.

[5] *Essay de Dioptrique.* Par. 1694. 4. S. 230. wo der scharfsichtige Mann eine genaue Abbildung des in die Hülle eines Saamenthierchens eingewickelten und auf seine Befreyung harrenden Kindchens gibt.

[6] G_{ALENUS} von den Lehrsätzen des Hippocrates und Plato: im Vten Band der Chartier. Ausg. S. 147.

[7] Es ist zwar ganz wohl begreiflich, wie ein solcher kleiner Umstand von manchen Beobachtern entweder in der Erwartung größerer Merkwürdigkeiten ganz

übersehen, oder aber nicht anmerkenswerth gefunden wurde. Doch scheint der sorgfältige Rösel darauf geachtet zu haben. *Hist. der Polypen.* im III B. der *Insectenbelustig.* S. 490.

[8] Eine gleichfalls schon anderwärts bemerkte Erscheinung. Man sehe die Abh. der Hrn. Fabre und Louis, *des playes avec perte de substance* in den *Mém. de l'ac. de Chirurgie. vol IV.* S. 64. u. 106.

[9] So sagt z. B. Newton in den Quästionen an der 2ten Ausg. seiner Optik, S. 380. der Clarkischen Uebers. "Hanc vocem *attractionis* ita hic accipi velim, vt in vniuersum solummodo *vim aliquam* significare intelligatur, qua corpora ad se mutuo tendant; cuicunque demum *causae* attribuenda sit illa vis."

[10] Noch am bestimmtesten druckt sich doch F. Bonamico der bekannte Aristoteliker darüber aus, de formatione foetus *p. 528.* "Spiritus in aërea seminis substantia comprehensus, aspersus autem a calore caelesti, et vi a patre accepta, et ea quam a coelo participat, in vterum foeminae coniectus, concoquit materias a foemina infusas et pro ratione ipsarum variis modis afficiens efficit instrumenta. Dum vero ea fabricat appellatur Facultas διαπλαστικη seu δημιουργικη. Sed vbi exstructa fuerint instrumenta, vt iis vti queat, quae prius erat vis formatrix, illis vtens degenerat in animam."

[11] So z. B. S. 12. "Vis vegetabilium essentialis ea est vis, qua humores ex circumiacente terra, vel aliis corporibus colliguntur, subire radicem coguntur, per omnem plantam

distribuuntur, partim ad diversa loca deponuntur, partim
foras expelluntur."

S. 13. "Quaecunque vero sit haec vis, sive attractrix, sive
propulsiva, sive aëri expanso debita, sive composita ex
omnibus hisce et pluribus; modo praestet enarratos
effectus, et ponatur, posita planta et humoribus nutritiis
applicatis, id quod experientia confirmatum est: sufficiet ea
praesenti scopo et vocabitur a me vis vegetabilium
essentialis"

und in Anwendung auf die Erzeugung der Thiere S. 73.
"Embryonem hoc tempore (ovo sc. 36 horas incubato) ex
substantia ovi nutriri demonstrant illius volumen auctum,
perfectiones acquisitae, absentia cuiuscunque alius
materiae, consumtio albuminis et vitelli succedens,
experimenta inferius recensenda; consequenter: transire
particulas nutrientes ex ovo ad embryonem: et existere vim,
qua id perficitur, quae non est systaltica cordis et
arteriarum, neque hinc facta pressio in venas vicinas, neque
harum compressio a motu musculorum, dirigentem absque
canalibus, viam determinantibus, adeoque analogam illi (§.
1.) quam aeque vocabo *essentialem.*"

[12] Doch übergehe ich dabey alle diejenigen, zum Theil
ausnehmend scharfsinnigen Gegengründe, die schon in
einer kürzlich unter folgendem Titel erschienenen, überaus
witzigen und angenehmen Schrift der Evolution entgegen
gestellt sind: *Zweifel gegen die Entwickelungstheorie. Ein
Brief an Hrn. S*ENEBIER *von L.. P.. (P*ATRIN*). Aus der französischen
Handschrift übersetzt von G. F*ORSTER*, Göttingen, 1788. 8.*

[13] Er schrieb mir selbst d. 28. Aug. 1776. "Ich danke der Vorsehung, die mir so viele Lebenszeit gegeben hat, daß ich eine neue Auflage der Physiologie habe ausarbeiten können, ohne die ich der Welt viele Fehler würde zu wiederlegen gelassen haben."

Zweyter Abschnitt.

Prüfung der Haupt-Gründe für die vorgegebne Präexistenz des präformirten Keims im weiblichen Eye, und Gegengründe zu ihrer Wiederlegung.

Am 13ten May 1758. ward in der Versammlung der königlichen Societät der Wissenschaften zu Göttingen die berühmte Abhandlung des Hrn. VON HALLER ihres damaligen Präsidenten über die Bildung des Herzens im bebrüteten Küchelgen abgelesen, worin man nachher das *argumentum crucis* zu Gunsten der präformirten Keime zu finden geglaubt hat. Ihr Verfasser sagt nemlich, er habe gefunden, daß die Haut des Dotters im bebrüteten Ey mit den Häuten des daran hängenden Küchelgens, und die Blutgefäße des letztern eben so mit den Adern der sogenannten *figura venosa* des Dotters continuirten. Nun aber habe der Dotter mit seiner Haut schon im Eyerstock der unbefruchteten Henne präexistirt, folglich nach aller

Wahrscheinlichkeit auch zugleich mit derselben, obgleich unsichtbar das damit continuirende Küchelgen. — Doch druckte sich der vorsichtige Mann anfangs immer noch behutsam und gleichsam schwankend über diese Schlußfolge aus[14].

Hr. BONNET hingegen, der bald nachher seine Betrachtungen über die organisirten Körper herausgab, und schon vorher für die Entwickelung der präformirten Keime eingenommen war, faßte gleich die Hallersche Bemerkung, erklärte sie für schlechterdings unwiederredlich, und hielt durch sie die Wahrheit jener Hypothese für ganz ausgemacht erwiesen[15].

Und nun erst ließ sich auch Hr. VON HALLER immer mehr und mehr von der Wichtigkeit dieser seiner Bemerkung einnehmen, so daß er in den spätern Schriften kein Bedenken trug, sie für eben so entscheidend auszugeben, als sein Freund BONNET.

Da ich selbst ehedem in Schriften so gut wie hundert andre Naturforscher und Physiologen auf diese berühmte Bemerkung als auf den Grundpfeiler des Evolutionssystems gefußt habe, so darf ich um so weniger Anstand nehmen, nun jetzt meine Verwunderung zu äußern, wie in aller Welt wir allesammt einer im gegenwärtigen Falle so schlechterdings nichts beweisenden Behauptung ein so vermeintlich unwiederredliches Gewicht haben beylegen können!

Denn — gesetzt auch, daß jene Continuation der Häute und Blutgefäße des Dotters mit den Häuten und Blutgefäßen des bebrüteten Küchelgens seine Richtigkeit hätte (— gesetzt nemlich; denn die Sache selbst ist, wie die sorgfältigste genaueste Beobachtung gelehrt hat, noch ganz und gar zweifelhaft, und, wie jeder zugeben wird, der selbst bebrütete Eyer untersucht hat, sehr schwer mit Gewißheit zu behaupten —): so folgt ja daraus noch bey weiten nicht, daß diese Häute und Gefäße, wenn sie auch wirklich nun mit einander *continuirten*, deshalb auch von je zusammen *coëxistirt* haben müßten! Genug Erscheinungen an organisirten Körpern zeigen das erstere, ohne daß man sich wird beykommen lassen, daraus das zweyte zu folgern. So aus dem Gewächsreich gleich ein Beyspiel statt vieler: die sonderbaren Vegetationen die an allerhand Pflanzen durch den bloßen Stich der Gallwespen verursacht werden, vorzüglich die sogenannten Schlafäpfel oder Bedeguar[16] an den wilden Rosenstöcken. Die Rinde des Rosenstocks überzieht auch diese ganzen moosartigen aber *zufällig* entstandnen Gewächse, und wenn man frische oder einige Tage lang eingeweichte Schlafäpfel mit dem Aste, an welchem sie sitzen, durchschneidet, so zeigt sich der Uebergang der holzigen Gefäße des Rosenstocks in den holzigen Kern des Bedeguar aufs sichtlichste, und zuweilen mit einer ausnehmenden Sauberkeit. Sollen aber darum auch diese so zufälligen Producte einer kleinen Mücke von je mit dem Rosenstocke *coëxistirt*, und in allen Aesten und Blättern aller Rosenstöcke der Welt auch überall eingewickelte Keime für zahllose Schlafäpfel *präexistiert* haben, die alle aufs Gerathewohl da gelegen hätten, bis endlich das tausendmal tausendste von ihnen durch den wohlthätigen Stachel eines hinzufliegenden Cynips zur Entwickelung angetrieben worden?

Und nun im Thierreich — Wie oft werden nach den zufälligsten Entzündungen von Eingeweiden etc. durch Ergießung plastischer Lymphe neu erzeugte Häute und in diesen, oft binnen wenigen Tagen neue Blutgefäße gebildet, die beiderseits mit den Häuten und Gefäßen der benachbarten Eingeweide *continuiren*, ohne daß man daraus ihre beständige *Coëxistenz* mit denselben zu folgern, sich wird einfallen lassen. Und damit man nicht etwa einwende, dieß seyen blos widernatürliche Erscheinungen im krankhaften Zustande der Thiere, so erinnere man sich der neuerlich so berühmt wordnen, sogenannten *Hunterschen* Haut, die jedesmal nach einer fruchtbaren Empfängnis den künftigen Aufenthalt der nun zu erzeugenden Leibesfrucht und ihrer Hüllen vom neuen auskleidet, und deren Blutgefäße, zumal da wo die Adern der Nabelschnur in ihr Wurzel schlagen sollen, aufs sichtlichste mit den Blutgefäßen der Mutter selbst continuiren.

In allen diesen angeführten Fällen wuchert gleichsam die neu erzeugte Haut und ihre Gefäße aus den benachbarten Eingeweiden heraus, und so würden in der Anwendung aufs bebrütete Hühngen auch seine Gefäße und Häute erst aus des Dotters seinen ausgetrieben werden können.

Allein es läßt sich auch noch ein zweyter Fall gedenken, den auch schon ein scharfsichtiger Naturforscher, Hr. PAUL[17] der Hallerschen Demonstration entgegengesetzt hat. Gesetzt, daß jene Dotterhaut mit ihren unsichtbaren Gefäßen schon im Eyerstock der Henne präexistirt habe, so kan ja demohngeachtet das Küchelgen erst während des Bebrütens erzeugt, und nur die Blutgefäße desselben in die Adern jener Haut *eingepropft,* und so beide mit einander verbunden worden seyn.

Hr. VON HALLER hat diesen Einwurf laut und geradezu verworfen, und es für schlechterdings *unmöglich* erklärt, daß die unendlich zarten Adern des dann noch microscopisch kleinen Küchelgens in die großen Gefäße des riesenmäßigen Dotters eingepfropft werden könnten[18].

Nun und eben dieser unendlich verdienstvolle Mann, der diese Einpfropfung beym Küchelgen unmöglich nennt, der ergreift hingegen im nemlichen Werke[19], da wo er von der menschlichen Befruchtung handelt, eine völlig gleiche Einpfropfung der Blutgefäße ohne alles Bedenken! Er nimmt nemlich an, der unendlich kleine menschliche Keim der nun aus dem Eyerstocke in die Mutterhöhle angelangt sey, der solle nun mittelst seines Mutterkuchen an derselben befestigt werden. Und wie das? Nicht anders als durch Einpfropfung seiner microscopischen Nabelgefäßgen in die riesenmäßigen Blutgefäße der Gebärmutter. —

Die neuern Verfechter der Evolution machten, wie wir gesehen haben, den Eydotter zur Stütze ihrer Hypothese.

Weit früher schon hat man sich des *Froschlaichs* zu gleichem Zweck bedienen wollen.

SWAMMERDAM nemlich verkündigte vor mehr als hundert Jahren die wunderbare Entdeckung, daß der schwarze Punkt im Froschlaich das in allen seinen Theilen vollkommen ausgebildete Fröschgen sey, das auch schon im Eyerstock obschon fast unsichtbar präformirt gelegen habe u. s. w.[20]

Dem guten Mann scheint geahndet zu haben welch ein mißliches, vergängliches Ding es mit aller zeitlichen eitlen Ehre solcher Entdeckungen sey, und bekanntlich suchte er dafür bald hernach ein solideres Glück der Mystik im Schooße bey Mamsell BOURIGNON. Denn wirklich hat nun jetzt die undankbare heutige Welt jene wunderbare Entdeckung dem berühmten Hrn. Abt SPALLANZANI zugeschrieben, der sie freylich in mehrern Schriften, zumal aber im zweyten Band seiner Abhandlungen[21] mit vieler Umständlichkeit vorgetragen hat.

Auch er nennt nemlich das schwarze Fleckgen im befruchteten Froschlaich geradezu Kaulquappe oder junges Fröschgen[22]. Und da nun dieses Fleckgen im unbefruchteten Laich doch schon eben so aussieht, wie im befruchteten[23], so ist nach seiner Logik nichts natürlicher, als daß dasselbe auch im erstern und schon in Mutterleibe Kaulquappe oder junges Fröschgen gewesen ist[24].

Ich weis nicht, was man von einem Chemiker urtheilen würde, dem es beliebte, ein Klümpgen Silberamalgama deswegen einen Dianenbaum zu nennen, weil doch wenn nun verdünnte Silberauflösung dazu käme, sich allerdings so ein Baum daraus bilden würde, und da nun ein solches Klümpgen außer der Silbersolution übrigens eben so aussähe, als nachdem es so eben unter dieselbe gebracht worden, so müsse folglich auch in jenem der *präformirte* Dianenbaum präexistirt haben u. s. w.

Man muß sich schämen, eine Behauptung noch lange wiederlegen zu wollen, von deren absoluten Ungrund sich jedes gesunde, präjudizlose und im Beobachten nur nicht ganz ungeübte Auge alle Frühjahr überzeugen kan. Wer sich je die kleine Mühe gegeben hat, das Froschlaich genau zu untersuchen, der wird gestehen müssen, daß der Einfall, das schwarze Fleckgen in demselben zum Kaulquappen zu demonstriren, die glücklichste Anwendung von der Logik des Bruder Peter im Mährgen von der Tonne sey, der auch seinen Brüdern das hausbackne Brod für einen exquisiten Hammelbraten andemonstriren wollte.

Doch die Verfechter der mütterlichen Keime sind weiter gegangen. Sie haben sich geradezu auf Fälle berufen, wo sogar *Mädgen* in aller ihrer jungfräulichen Unschuld durch die unzeitige Entwickelung eines solchen kleinen Keims guter Hoffnung worden.

Wie doch die Dinge zuweilen sonderbar zusammentreffen müssen. Gerade im nemlichen Jahre, da SWAMMERDAM seine obgedachte Entdeckung im Froschlaich kund that, ereignete sich, nach dem in den Tagebüchern der kaiserlichen Akademie der Naturforscher von einem berühmten Leibarzt seiner Zeit, dem Dr. CLAUDER gegebnen Bericht, in Sachsenland ein *Casus*, der mit jener Entdeckung wie Schachtel und Deckel zusammen paßte. Eine Müllersfrau kommt mit einem Mädgen in die Wochen, das einen ungewöhnlich hohen Leib mit zur Welt bringt. Acht Tage hierauf wird das kleine dickleibige Mädgen "mit großen Wehtagen und Unruhe befallen, sehr weinend und ängstlich, daß alle die Umstehende nicht anders vermeint, als es würde im Nu sterben. Immittelst gebieret das kranke Kind ordentlicher Weise ein artiges, vollständiges, lebendiges Töchterlein, in der Länge des mittlern Fingers, welches auch getauft worden. Bey und während der Geburt ist alles an

Afterbürde und andrer Unreinigkeit abgegangen, beide Kinder aber sind kurz folgende Tage hierauf gestorben."[25]

Der Hr. VON HALLER setzt richtig diese Geschichte nebst einer anderen aus den Schwedischen Abhandlungen, wo man bey der Section eines Mädgen, Knochen, Zähne und Haare in einer Geschwulst des Gekröses gefunden, unter die Hauptstützen der Wahrheit der mütterlichen Keime[26].

Aber auch in SCHMUCKER'S vermischten chirurgischen Schriften beschreibt ein ANONYMUS die Leichenöffnung eines Mädgen, bey dem man *statt der Gebärmutter* einen runden, harten mit Haaren bewachsenen Körper einer starken Wallnuß groß gefunden, der ein misgestaltnes Kinderköpfgen vorgestellt. Das Köpfgen habe zwey vollkommne Zähne und in seiner Cavität etwas Gehirn-ähnliches gehabt etc.

Da die Verfechter der mütterlichen Keime immer so laut und dringend protestiren, daß man doch ihren *Beobachtungen* nicht bloßes Räsonnement entgegen stellen solle, so enthalte ich mich auch hier alles Räsonnements, sondern will ihnen blos Zug für Zug, Beobachtung gegen Beobachtung vorlegen, nemlich von nicht minder merkwürdigen und unterhaltenden und ungefähr eben so glaubwürdigen Fällen, wo sich auch *Mannspersonen* oder andre männliche Thiere in gesegneten Leibesumständen befunden haben sollen, und ich hoffe nicht, daß diese meine, den *mütterlichen* Keimen gerade wiedersprechende Autoritäten, der Gegenpartie ihren nachstehen dürfen.

Dem Fall z. B. aus den schwedischen Abhandlungen setze ich einem aus der Geschichte der königl. Akad. der Wissenschaften zu Paris entgegen, da ein *Abbé* mitten in einem Versuche über das Zeugungsgeschäfte sehr zur Unzeit unterbrochen ward, und von Stund an in gewissen Theilen die einmal ein andrer *Abbé* der heil. ABAELARD durch einen ähnlichen Anlaß ganz eingebüßt hat, eine harte Geschwulst fühlte. Es kam zur Operation, und sein Wundarzt versichert der königlichen Akademie, dem Hrn. Patienten ein verhärtetes Kindgen[27] aus besagten Theilen geschnitten zu haben.

Die Geschichte von der Müllersfrau in den Tagebüchern der kaiserlichen Akad. der Naturforscher, denke ich mit einer andern in den *Philosophical Transactions* aufzuwiegen, da ein männliches Windspiel ein lebendiges junges Hündgen *per anum* von sich gegeben haben soll. Statt der Hrn. CLAUDER und OTTO die jene Geschichte bezeugen, nenne ich zwey Gewährsleute, auf die England stolz seyn muß: Dr. WALLIS und EDM. HALLEY.

Endlich dem *anonymus* bey SCHMUCKER setze ich einen *anonymus* beym ehrwürdigen FR. RUYSCH entgegen, der diesem ein ähnliches Product, nemlich eine knochichte Schaale wie eine halbe Wallnuß verehrte, die er nebst vier vollkommnen Backzähnen und einem Knaul Haare vom Magen einer männlichen Leiche losgeschnitten zu haben versicherte.

Das wäre denn also Autorität gegen Autorität. Ich glaube man kan nicht gewissenhafter zu Werke gehn, als ich hier zu Werke gegangen bin; und in so fern, dächte ich, wären wir wenigstens quitt. Doch riethe ich, wenns gefällig wäre, überhaupt beym gegenwärtigen Streite, diese Art von Hülfstruppen vor der Hand aus dem Spiele zu lassen; ich stellte die meinigen blos darum auf, weil die Gegenpartie mit den ihrigen ins Feld zu rücken für gut befunden hatte.

Das ist das Hauptsächlichste, was ich den berühmtesten Beweisen, die von den Vertheidigern der präformirten mütterlichen Keime für die sinnlichst entscheidenden ausgegeben werden, entgegen zu setzen habe.

Diesen darf ich aber nun noch einige andere aus Erfahrung bewiesene Gegengründe beyfügen, die ohnehin wohl den Werth jener Einschachtelungshypothese bey unbefangenen und nachdenkenden Lesern zu bestimmen, hinreichend seyn dürften.

So z. B. die durchgehends bestätigte Erfahrung, daß sich auch dem bewaffnetesten Auge doch nie sogleich — sondern immer erst eine geraume, zum Theil beträchtlich lange Zeit, nach der Befruchtung die erste Spur des neuempfangnen

Menschen oder Thiers, oder Gewächses zeigt. Es lohnt sich nicht der Mühe, jetzt noch die fabelhaften Sagen des HIPPOCRATES und so vieler nachherigen guten Alten zu rügen, die in den ersten Tagen nach der Empfängnis schon völlig kenntliche ausgebildete menschliche Leibesfrüchte gesehen zu haben meinten. Sie werden bey den wenigen Hülfsmitteln und der seltnen Gelegenheit in jenen Zeiten um so verzeihlicher, wenn man bedenkt, daß selbst neuere Aerzte von ungleich mehr ausgebreiteter Erfahrung in diesem Fache, noch ähnliche solche Behauptungen gewagt haben. So hat uns MAURICEAU mit Abbildungen von Leibesfrüchten von 3⅓ Tagen, von einem Tag u. s. w. beschenkt, und so haben MALPIGHI und CROUNE schon im unbebrüteten Ey einer getretnen Henne, und letztrer sogar in Windeyern von Hünern, denen sich noch nie ein Hahn genaht hatte, das Küchelgen und seine Theile gesehn zu haben, versichern dürfen.

Kein vorsichtiger und zuverlässiger Beobachter wird aber vor der dritten Woche der Schwangerschaft einen ungezweifelt wahren, menschlichen Embryo, oder im bebrüteten Hühnerey in den ersten zwölf Stunden auch nur eine dunkle, und vor Ende des zweyten Tages, eine deutliche Spur des Küchelgens gesehn haben. Vor diesem, einer jeden Gattung von Thieren und Gewächsen von der Natur auf längere oder kürzere Zeit vorgeschriebenen Termin[28], ist schlechterdings ihre neuempfangene Brut nicht zu erkennen: ein Umstand, der bey der Vollkommenheit unsrer Vergrößerungsgläser und andrer mechanischen Hülfsmittel und Handgriffe der Theorie der präformirten Keime gewiß nichts weniger als günstig seyn kan.

Eben so wenig ist abzusehen, wie in aller Welt die Gönner der präformirten Keime, die unzähligen Fälle von Entstehung und Ausbildung ganz zufälliger Weise neuerzeugter, im natürlichen Bau gar nicht existirender organischer Theile mit ihrer Einschachtelungshypothese zusammen reimen wollen.

Nur gleich wenige Beyspiele der Art statt vieler.

Eine Frau wird guter Hoffnung, aber ihr Kind ist nicht in dem eigentlichen Ort seiner Bestimmung, sondern darneben in einer der beiden Fallopischen Röhren empfangen worden, die berstet endlich bey zunehmendem Wachsthum des armen verirrten Geschöpfes, und dieses fällt nun in die Bauchhöhle der Mutter. Was thut die Natur? Sie ergießt eine Menge plastischer Lymphe, die sich zu deutlich organisirten Häuten bildet, und den Fötus incrustirt, wie eine Mumie einwickelt und dadurch die der Mutter sonst tödliche Fäulung desselben verhütet; so daß sie nun noch lange Jahre mit dieser zwar lästigen, aber doch nicht gefährlichen Bürde herumgehen kan. Die nachherigen Leichenöffnungen aber zeigen offenbar, daß diese durch einen Zufall veranlaßten neuerzeugten Membranen mit zahlreichen Blutgefäßen durchwebt sind[29], die doch wohl schwerlich im vermeinten Keime schon präexistirt haben können?

Ein Mensch bricht beide Röhren im Vorderarm, hält sich bey der Heilung nicht ruhig, so daß die Natur den Bruch nicht wie sonst durch eine Beinschwiele zusammen leimen kan. Was thut sie dagegen? sie bildet im Bruche für beide Röhren zwey neue Gelenke, im ganzen gleichsam einen zweyten Ellnbogen, der für sich allein und ohne Hülfe der andern Hand volle Beweglichkeit hat.

Ein anderer verrenkt den Schenkelkopf aus dem Hüftknochen und die Natur bildet ihm in selbigem eine neue Pfanne[30].

Ein Kind kriegt im Mutterleibe durch den zufälligsten Anlaß, z. B. blos durch unmäßige Liebesbezeugungen des Vaters gegen die schwangere Mutter, einen Wasserkopf, wodurch die Hirnschaale ungeheur wassersüchtig aufgetrieben wird, und mächtige leere Zwischenräume zwischen den ausgedehnten flachen Knochen derselben entstehen. Die Natur sucht zu helfen, und sprengt einzelne kleine Knochenkernchen in diese Zwischenräume, die zu Zwickelbeinchen werden und diese gefährlichen Lücken möglichst ausfüllen, die sonst so weit auseinander stehenden Knochen miteinander verbinden, und die Hirnschaale schließen helfen. Diese Zwickelbeinchen gehören aber nicht zum natürlichen Bau, und finden sich daher auch nur sehr selten bey Thieren oder an den Schedeln von wilden Völkern; können folglich auch wohl schwerlich im Keime präformirt gewesen seyn. Und doch sind es wahre, einzelne, abgesonderte Knochen, mit *ächten* Näthen eingefaßt. Und zwar werden sie nicht etwa blos von den benachbarten natürlichen Näthen der flachen Knochen umschlossen, sondern oft liegen ihrer so viele dicht neben- und untereinander, daß die mittlern darunter ganz offenbar auch ihre eignen neuerzeugten Näthe bilden. Wie kunstreich aber ist nicht der Bau einer ächten Nath mit ihren doppelten und dreyfachen Reihen von Zäpfgen und Grübgen, die so bewundernswürdig in einander greifen.

Die Schlußfolgen aus allen diesen Beyspielen ergeben sich von selbst. Können einmal vollkommne besondere Knochen, ganz neue ungewöhnliche Gelenke, neue organische Häute mit eben so neuen Blutgefäßen, *da* gebildet werden, wo an keinen dazu präformirten Keim zu denken ist, wozu brauchts denn überhaupt der ganzen Einschachtelungshypothese?

Allein auch selbst die Erscheinungen bey Zeugung der *Bastarde* wiedersprechen allen Begriffen von Präexistenz eines präformirten Keims so schlechterdings, daß man kaum absieht, wie bey einer reifen Erwägung der erstern, die letztern noch ernstliche Vertheidiger haben finden können. Mich dünkt eine einzige Erfahrung wie die, da Hr. KÖLREUTER durch wiederholte Erzeugung fruchtbarer

Bastardpflanzen, endlich die eine Gattung von Tabak (*Nicotiana rustica*) so vollkommen in eine andere (*Nicotiana paniculata*) verwandelt und umgeschaffen, daß sie nicht eine Spur von ihrer angestammten mütterlichen Bildung übrig behalten hat, müßte doch die eingenommensten Verfechter der Evolutionstheorie von ihrem Vorurtheil zurückbringen. Dieser vortreffliche Beobachter hatte nemlich durch die künstliche Befruchtung der erstern Gattung von Tabak mit dem Blumenstaube von der letztern, fruchtbaren Bastard-saamen erhalten, und hatte dann die daraus gezognen Pflanzen, (die in ihrer Bildung schon das Mittel zwischen ihren beiden Stammeltern hielten), vom neuen und mit gleichen Erfolg mit Blumenstaube von der *paniculata* befruchtet. Da dieß wiederum fruchtbaren Saamen, und dieser wiederum Pflanzen gab die von der mütterlichen Gestaltung noch mehr abwichen, so hat er mit diesen letztern den nemlichen Versuch noch einmal wiederholt, und so endlich sechs Pflanzen erhalten, die sämmtlich, ihrer ganzen Bildung nach, mit der natürlichen *paniculata* vollkommen übereinstimmten, ohne sich im mindesten weiter von derselben zu unterscheiden, so daß er in seinem classischen Werke, der Nachricht von diesen berühmten Versuchen, mit ganzem Rechte die Aufschrift giebt: *Gänzlich vollbrachte Verwandlung einer natürlichen Pflanzengattung in die andere.*

Ich weis sehr wohl, daß die Gönner der Evolution sich bey Erklärung der Bastarderzeugung damit auszuhelfen suchen, daß sie dem männlichen Zeugungsstoffe, außer der reizenden Kraft, womit er den schlafenden mütterlichen Keim *erwecken* soll, in diesem Fall auch noch *bildende* Kräfte zugestehen, wodurch dann jene Keime freylich in etwas zur väterlichen Gestaltung umgeformt würden etc. Was ist aber in aller Welt eine solche Ausflucht anders, als ein stilles Geständnis der gebrechlichen Unzulänglichkeit des Keimsystems und der Nothwendigkeit zu Rettung desselben immer doch nebenher zu bildenden Kräften Zuflucht nehmen zu müssen. Und wenn nun aber diese bildenden Kräfte so stark sind, daß sie binnen wenigen Generationen die ganze Form des mütterlichen Keims gleichsam vertilgen und in eine andere umschaffen, so ist nicht abzusehen, wozu denn also überhaupt der Keim präformirt zu seyn brauchte?

Fußnote

[14] "l'evolution commence à me paroitre la plus probable etc."

[15] Man sehe z. B. die Vorrede zu diesem seinen Werke S. ıx *u. f. der Ausg. v. 1768.* "Enfin cette découverte importante" (que le Germe appartenoit à la Femelle, qu'il préexistoit ainsi à la Fecondation, et que l'Evolution étoit la Loi universelle des Etres organisés) "que j'attendois et que j'avois osé prédire, me fut annoncée en 1757. par Mr. le Baron ᴅᴇ Hᴀʟʟᴇʀ, qui la tenoit de la Nature elle-même." — "La

découverte de Mr. DE HALLER prouvoit d'une manière incontestable, que le Poulet appartenoit originairement à la Poule, et qu'il préexistoit à la Conception."

und in seinem Briefe an Hrn. V. HALLER *v. 30. Oct. 1758:* "Vos Poulets m'enchantent: je n'avois pas espéré que le secret de la Génération commenceroit sitôt à se dévoiler. C'est bien vous, Monsieur, qui avez sçu prendre la Nature sur le fait."

[16] *Rosenschwämme,* spongiae cynosbati.

[17] In der Vorrede zum VIIIten Bande der *collection academique, P. étrangere.* pag. 22 sqq.

[18] "Nunquam fieri potest, vt inter tubulum millionesies minorem, et millionesies maiorem continuitas oriatur." Elem. physiol. *T. VIII. P. I. p. 94. vergl. mit den* prim. lin. physiol. *§. 883. und den* operib. minorib. *T. II. pag. 419.*

[19] *Elem. physiol.* a. a. O. S. 257.

[20] Mirac. nat. *pag. 21.* "admiratione dignum est, nigrum illud punctum, quod in ovis ranarum videre est, ipsum ranunculum omnibus suis partibus absolutum; albicantem vero et circumfusum illum liquorem non nisi alimentum eius esse; quod ipsum sensim dilatatum ita attenuatur, vt exire cum velit possit" etc.

"Magis mirum est, hunc ipsum ranunculum in ovario vsque adeo exiguum ortus et incrementi sui principium habere, vt fere visum effugiat, vtut ipsum animal sub hac tantula mole delitescat."

und bald hernach zieht er dann den allgemeinen Schluß: "Nullus mihi in rerum natura generationi, sed soli propagationi vel incremento partium locus esse videtur, vbi casus omnis excludatur."

[21] Dissertazioni di fisica animale, e vegetabile *T. II.* in Modena *1780. 8.*

[22] "a parlare filosoficamente l'uovo non è che il girino medesimo in se stesso concentrato, e ristretto, il quale mediante la fecondazione si sviluppa, ed acquista le fatezze di animale." *pag. II. §. XVII.*

[23] "questi globetti non fecondati non sono per verun conto distinguibili dai fecondati" *§. XVIII.*

[24] "ma i globetti fecondati non sono che i feti ranini (§. XVII.): adunque i globetti non fecondati lo saronno altresi; e conseguentemente nella nostra rana il feto esiste in lei pria che abbiasi la fecondazione del maschio." *pag. 12. §. XIX.*

[25] Ich liefre die eignen Worte eines andern gleichzeitigen Arztes des Dr. O™, der von der Großmutter, nemlich von der Müllersfrau in ihrer Schwangerschaft consultirt worden, und dessen Enkel den ganzen Casus in einer besondern Abhandlung unter folgendem Titel gar gelehrt und subtil vindicirt und illustrirt hat. D. C. I. A™. O™™™ *epistola de foetu puerpera s. de foetu in foetu. Weissenfels, 1748. 4.*

[26] In der Yverduner Encyclopädie *T. XVIII. art. FETVS. p. 721.* "Il y a plus, on a vu dans une vierge constamment telle et reconnoissable par l'integrité de son hymen, des dents, des ossemens et des cheveux renfermés dans une tumeur du mésentere. Ce phenomene rapporté dans les Mém. de l'ac. de Suede, a été observé depuis peu en. Un *fétus*

femelle, incapable assurément d'admettre le mâle est né avec un fêtus formé au dedans de lui."

[27] "on y distinguoit la tête, les pieds et les yeux."

[28] So zeigt sich z. B. beym trächtigen Caninchen die erste Spur der neuempfangnen Frucht nicht vor dem 9ten Tage; bey der Schaafmutter nicht vor dem 19ten; bey der Hirschkuh nicht vor der 7ten Woche u. s. w.

[29] Ich habe einen solchen Fötus, womit die Mutter 8 Jahr schwanger gegangen, und den das academische Museum von meinem würdigen Freunde dem Hrn. Hofr. Büchner in Gotha zum Geschenk erhalten, im VIII B. der *Commentation. soc. reg. sc. Gottingens.* beschrieben.

[30] Ich habe von allen solchen Fällen in der *Gesch. und Beschreib. der Knochen des menschl. Körp.* S. 43. Beyspiele gesammelt.

Dritter Abschnitt.

Erfahrungen zum Erweis des Bildungstriebes und zu näherer Bestimmung einiger Gesetze desselben.

Einreißen ist leichter denn aufbauen: und es ist ein alter Vorwurf, den man manchen Reformatoren gemacht hat, daß ihnen das erstere mit besserm Glück als das leztre von statten gegangen. Aber in der That kan doch, wie Hr. BONNET vortrefflich anmerkt[31], die Wiederlegung eines Irthums wichtiger seyn, als die Erfindung einer neuen Wahrheit. Und in so fern bliebe diesen Blättern immer einiges Verdienst, wenn auch blos im vorigen Abschnitt der Ungrund einer neuerlich so beliebt wordnen Hypothese erwiesen wäre. Allein ich hoffe, daß nun auch der gegenwärtige würklich etwas der Natur angemeßneres an ihrer statt geben soll.

Man kan nicht inniger von etwas überzeugt seyn, als ich es von der mächtigen Kluft bin, die die Natur zwischen der belebten und unbelebten Schöpfung, zwischen den organisirten und unorganischen Geschöpfen befestigt hat; und ich sehe bey aller meiner Hochachtung für den Scharfsinn, womit die Verfechter der Stufenfolge oder Continuität der Natur ihre Leitern angelegt haben, nicht ab, wie sie beym Uebergange von den organisirten Reichen zum unorganischen ohne einen wirklich etwas gewagten Sprung durchkommen wollen. Allein dieß hindert nicht, daß man darum nicht Erscheinungen im einen dieser beiden Haupttheile der Schöpfung zur Erläuterung von Erscheinungen im andern benutzen dürfte: und so sehe ich es für keins der geringsten Argumente zum Erweis des Bildungstriebes in den organisirten Reichen an, daß auch im unorganischen die Spuren von bildenden Kräften so unverkennbar und so allgemein sind. Von bildenden Kräften — bey weiten nicht vom Bildungstriebe (*nisus formativus*) in dem Sinne den dieses Wort in der gegenwärtigen Untersuchung bezeichnet, denn der ist eine Lebenskraft und folglich als solche in der unbelebten Schöpfung nicht denkbar, — sondern von andern bildenden Kräften, von welchen sich in diesem unbelebten Naturreiche die deutlichsten Beweise an so bestimmten, überaus regelmäßigen Gestaltungen zeigen, die aus einem vorher ungebildeten Stoffe geformt werden.

Man kan doch, um nur ein Paar Beyspiele anzuführen, nichts ausnehmend eleganteres sehen, als gewisse metallische Crystallisationen, die in ihrer äußern Form eine so auffallende Aehnlichkeit mit gewissen organischen Körpern haben, daß sie ein sehr fügliches Bild geben, um die Vorstellung von der Formation aus ungebildeten Stoffen überhaupt zu erleichtern. So z. B. das gediegene sogenannte Farnkraut-silber zwischen dem eingebröckelten Quarz aus Peru; und um was Gemeineres zu nennen, das unbeschreiblich saubere moosförmige Stückmessing, so wie es sich nach dem ersten Gusse auf dem Bruche ausnimmt u. dergl. m.

Dieß wie gesagt nur als Beyspiele von bildenden Kräften im unorganisirten Naturreiche.

Nun zum wahren Bildungstriebe in der belebten Schöpfung.

Für ein unbefangnes Auge weis ich kein sinnlicheres Mittel, sich das Daseyn und die Wirksamkeit dieses Triebes anschaulich zu machen, als die präjudizlose Beobachtung der Entstehung und Fortpflanzung solcher organisirter Körper, die mit einer ganz ansehnlichen Größe ein schnelles, so zu sagen zusehends merkliches Wachsthum und eine so zarte halbdurchsichtige Textur verbinden, daß sie vollends in sattsamen Lichte und unter einiger Vergrößerung aufs deutlichste, klarste durchschaut werden können.

Ein Beyspiel der Art aus dem Gewächsreiche giebt die überaus einfache Fortpflanzungsweise einer eben so einfachen Wasserpflanze[32], die, zumal im Frühjahr gar häufig am Ausfluß der Röhrenwasser, an Quellen, in Gräben, Teichen etc. zu finden ist, und deren sich auch wohl unbotanische Leser leicht aus der bloßen Beschreibung werden erinnern können.

Das ganze Gewächs besteht nemlich aus einem einfachen, (nie getheilten) meist geraden, etwa einen halben Zoll langen, feinen Faden von hellgrüner Farbe, der gewöhnlich mit seinem untern Ende im Schlamme eingewurzelt ist. Da aber diese Faden meist zu vielen tausenden dicht neben einander stehen, so kriegen sie dann das Ansehen eines feinhaarichten Pelzes vom schönsten Grün, womit oft große Strecken an den gedachten Orten unter Wasser bewachsen sind.

Ich habe die Fortpflanzung dieses so äußerst einfachen Wassermooßes, in den ersten Frühlingswochen beobachtet, da sie unter meinen Augen blos dadurch erfolgte, daß die Spitzen der Fäden zu kleinen Knöpfgen anschwollen, die sich zuletzt von den Fäden trennten, sich in den Zuckergläsern, worin ich kleine Klumpen dieses Mooßes in hellen Wasser liegen hatte, zu hunderten an die Wände des Glases anlegten, und nun im Kurzen selbst wieder eine kleine Spitze austrieben, die sich fast zusehends immer mehr verlängerte, bis sie endlich zu einem neuen vollständigen Wasserfaden ausgewachsen war. Binnen zweymal 24 Stunden, von der ersten Spur des Knöpfgens auf einem alten Faden an zu rechnen, hatte der nachher daraus erwachsene neue schon seine völlige Länge erreicht.

Beides, sowohl das schnelle Wachsthum, als auch die durchsichtige Textur des Gewächses, verschafften mir den Vortheil, seine völlige Ausbildung ganz bequem abwarten und die mindeste in seinem Innern vorgehende Veränderung aufs genaueste und deutlichste bemerken zu können. Das innere Gewebe dieses Mooßes ist nemlich so einfach als seine äußere Bildung. Auch bey der stärksten Vergrößerung und im hellesten Lichte, ist in der ganzen Pflanze schlechterdings nichts weiter als ein feines bläsriges Gewebe, (beynahe wie ein grüner Gescht oder Schaum) zu erkennen, das durch eine äußerst feine, kaum merkliche äußere Haut umschlossen wird.

Nun aber war bey aller dieser untrüglichen Deutlichkeit in allen grünen eyförmigen am Glase anliegenden Knöpfgen, doch auch nicht eine Spur, nicht ein Schatten irgend eines solchen als Keim eingewickelten Fadens, als in Kurzen aus diesen Knöpfgen gebildet werden sollte, aufzufinden: — sondern, wenn jetzt der Knopf seine Reife erlangt hatte, so trieb er aus einem seiner beiden Enden einen kleinen Auswuchs hervor, der blos dadurch zusehends verlängert ward, daß das im Knopf ihm zunächst liegende bläsrige Gewebe in ihn hinüber getrieben, und er so nach und nach immer mehr zu einem cylindrischen Faden ausgedehnt ward. So wie aber dieser Faden sich verlängerte, so ward im gleichen Maaße der eyförmige Knopf, kleiner, kuglichter, blaßgrüner: so daß zulezt, wenn das Gewächs nun seine bestimmte Größe erreicht hatte, nur noch ein kaum merklicher kleiner Wulst am untern Ende übrig blieb, der nun dem neuen Faden statt Wurzel diente.

Mit der gleichen anschaulichen Klarheit aber, womit sich bey dieser Pflanze die würksame Thätigkeit des Bildungstriebes beobachten läßt, kan sie auch bey Ausbildung mancher Thiere aufs deutlichste anerkannt werden; besonders wiederum bey solchen, die so wie dieses Moos den Vortheil eines schnellen Wachsthums bey einer meist durchsichtigen Textur ihres Körpers gewähren. Dieß ist bekantlich der Fall bey den Armpolypen, diesen wegen der Wunder die die Natur in ihnen gehäuft hat, seit den vierziger Jahren so allgemein berühmt wordnen Geschöpfen. Alle bekannte Gattungen derselben haben einen gallertigen Körper, der, seine Farbe mag seyn welche sie will, grün, gelb, braun etc. doch immer durchsichtig genug ist, um in behöriger Beleuchtung und hinter einer guten Linse so gut wie jene Wasserfäden rein durchschaut werden zu können. Dabey ist ihre Textur so einfach, homogen, besteht blos aus gallertigen Körnchen, die durch eine zartere gemeinschaftliche gallertige Grundlage zusammen gehalten werden, daß auch von dieser Seite dem beobachtenden Auge nichts dunkel oder versteckt bleibt. Nun und wenn denn diese Thiere lebendige Junge austreiben wollen, so schwillt blos eine Stelle dieses ihres aus so einfachen Stoffe gebauten Körpers ein wenig an, und aus dieser ungeformten, aber durchsichtigen kleinen Geschwulst wird gleichsam unter unsern Augen zuerst der cylindrische Leib des jungen Polypen und dann auch seine Arme ausgebildet, wie von unsichtbaren Händen aus der durchsichtigen körnichten, aber übrigens ungeformten Gallerte modelirt; und das alles gleich in einer so ansehnlichen, schon dem bloßen Auge so deutlich erkennbaren Größe, die, in Verbindung mit allen den angeführten Umständen, doch auch keinen Schatten von wahrscheinlicher Vermuthung eines präformirten Keims gestattet der da vorräthig gelegen habe und sich nun entwickele etc.

Ich berufe mich dreist auf das innere Gefühl eines jeden, der nur je die Fortpflanzung an so einfach gebauten Thieren und Pflanzen beobachtet, und sich überdem von dem im vorigen Abschnitt erwiesenen Ungrund der so decisiv behaupteten Präexistenz des Küchelgens am Eydotter belehrt hat; daß er nun beym Uebergange zum Zeugungsgeschäfte der sogenannten vollkommnern oder warmblütigen Thiere, (z. B. eben bey der strengsten Untersuchung der Phänomene am bebrüteten Küchelgen, des Anfangs und Fortgangs seiner Ausbildung, und überhaupt so vieler neuentstehenden, im unbebrüteten Eye gar nicht existirenden Theile[33] etc.), selbst entscheide, zu welcher von beiden Theorien ihn seine Ueberzeugung führt, ob zum Glauben an Präexistenz eingeschachtelter präformirter Keime — oder aber an einen Bildungstrieb, der das neue Geschöpf aus dem ungeformten Zeugungsstoff der alten ausbildet.

Alles was bisher von Phänomenen des Zeugungsgeschäftes selbst zum Erweis des Bildungstriebes gesagt worden, erhält nun aber vollends ein neues großes Gewicht, wenn man nun zweytens auch die Phänomene der *Reproduction*, — dieser, zumal in unsern Tagen so berufen wordnen merkwürdigen Kraft der organisirten Körper, zufällig verlorne Theile, Verstümmelungen ihres Leibes, von selbst wiederum hervorzutreiben und zu ersetzen, — mit denselben vergleicht.

Generation und Reproduction — Zeugung und diese Wiederersetzung, sind beides Modificationen ein und eben derselben Kraft: die letztre ist nichts anders, als eine partielle Wiederholung der erstern: und ein Licht über die eine von beiden verbreitet, muß sicher auch die andre zugleich mit aufhellen.

Ich habe die oben im ersten Abschnitt angeführte Erfahrung über die Reproduction der grünen Armpolypen, seitdem oft, und immer mit dem gleichem Erfolg wiederholt: d. h. allemal ward anfangs das kürzlich verstümmelte Thier fast im gleichen Maaße um etwas kleiner, so wie es seine neuen Arme oder seinen neuen Hinterleib hervortrieb. Man sah offenbar, wie die Natur eilte, dem verstümmelten Geschöpfe nur sobald als möglich seine bestimmte *Bildung* wieder zu ersetzen: und daß in der Kürze der Zeit, da unmöglich schon durch die Nahrungsmittel (die ohnehin ein verletzter Polype nicht so häufig zu sich nimmt als ein gesunder) sattsamer *Stoff* zu den neuen Gliedern wieder gesammelt seyn konnte, der Rumpf einen Theil seines noch übrigen Stoffes hergeben muß, der sich dann mittelst des ihm beywohnenden *Bildungstriebes* in die Gestalt der verlornen Glieder formt, und so die zerstörte Bildung wieder ergänzt.

Ich weis wohl, daß sich die Verfechter der präformirten Keime, hier mit einer Hypothese durchhelfen wollen, die doch aber in der That von allen unwahrscheinlichen Hypothesen wohl die allerunwahrscheinlichste und gewiß abentheurlich genannt werden darf, nach welcher nemlich "in allen Theilen jedes Polypen zerstreuete Keime so lange eingewickelt und im erstarrenden Todesschlaf auf Reserve liegen sollen, bis sie nach der Phantasie eines ihnen zu Hülfe kommenden Beobachters durch den Schnitt einer Scheere ermuntert, aufgeweckt, aus ihrem Kerker befreyt, und zur Entwickelung angereizt würden."

Nun, mit dieser wunderbaren Erklärung vergleiche man den nackten Augenschein bey dem obgedachten und vielen andern, an den (glücklicherweise so leicht zu durchschauenden) Armpolypen anzustellenden Versuchen, deren ich nur gleich ein Paar noch beysetze: — Wenn man zwey verstümmelte halbe Polypen verschiedener Art (z. B. die vordere Hälfte eines grünen, und das Hintertheil eines braunen) im Boden eines Spitzglases aneinander bringt, so heilen sie bekanntlich zusammen, und stellen dann, fast wie die Chimäre der Mythologie, eine aus verschiednen Thiergattungen zusammengesetzte Gruppe vor. — Nach der angeführten Theorie der Evolution, hätten aber in diesem Fall durch den doppelten Schnitt aus den beiden verstümmelten Polypen, sich neue Keime entwickeln müssen — allein, dieß erfolgt nicht; sondern es war natürlicher, daß sich zwey Hälften mittelst ihres Bildungstriebes zusammen paßten, und in Kurzem ein gehöriges Ganzes ausmachten, als daß jede dieser beiden Hälften erst auf die oben beschriebene Weise zu einem besondern Thiere wieder hätte ausgebildet werden sollen.

Noch auffallender aber wird beides die Unwahrscheinlichkeit der vermeynten präformirten Keime und hingegen die Würksamkeit des Bildungstriebes bey dem bekannten Versuch, da man einen Armpolypen nicht in Stücken oder entzwey zerschneidet, sondern ihm nur mit einer feinen Scheere den Bauch der Länge nach aufschneidet und ausbreitet, so daß er alsdann gar keine Bauchhöle mehr hat, und sein Körper keine cylindrische Röhre, sondern ein flaches Streifgen Gallerte, wie ein Riemgen, vorstellt. — Statt daß nun alsdann durch den Schnitt an beiden Seitenrändern dieses Riemgens zahlreiche vermeynte Keime in Freyheit gesetzt werden, und sich entwickeln sollten, so erfolgt hingegen blos einer von den beiden Fällen, die sich von selbst nach der Würksamkeit des Bildungstriebes erwarten lassen — entweder nemlich, der aufgeschlitzte Polype *rollt* sich wieder in seine vorige Gestalt zusammen, so daß die wunden Seitenränder einander wieder berühren und zusammen wachsen: oder aber wenn er als ein flaches Riemgen ausgebreitet bleibt, so schwillt er nach einiger Zeit auf, wird gleichsam aufgeblasen, und es bildet sich nach und nach in seinem Innern eine neue *Bauchhöle*, so daß er auch dann binnen kurzer Zeit seine angestammte Gestalt ergänzt erhält.

In diesen beiden angeführten und vielen andern Fällen, braucht gar kein *neuer Stoff* erzeugt, — sondern nur die zerstörte *Bildung wieder hergestellt* zu werden: eine Art von Reproduction, die um so sorgfältiger von den übrigen unterschieden und abgesondert werden muß, je weniger sie sich mit den prätendirten Keimen vergleichen läßt, und je größer hingegen das Uebergewicht ist, das die Lehre vom *Bildungstriebe* durch sie erhält.

Beym Menschen und andern warmblütigen Thieren, ist zwar die Reproductionskraft bey der größern Mannichfaltigkeit des Stoffes woraus ihr Körper gebaut ist, und bey der Verschiedenheit der Lebenskräfte womit die verschiednen Arten von jenem Stoff belebt sind, und bey der Einwürkung worin sie aufeinander stehen, ungleich eingeschränkter, als freylich bey den Armpolypen. Und doch zeigen sich auch bey ihnen zuweilen Reproductionsfälle, die alles das, weshalb die vorigen von den Polypen hier angeführt waren, aufs unverkennbarste bestätigen. Man hat z. B. mehr als einmal gesehen, daß bey Menschen die Nägel der Finger, wenn auch selbst die vordern Gelenke von diesen amputirt worden, nichts desto weniger sich an den verstümmelten Enden der hintern Glieder wiederum erzeugt haben[34]. Es wäre eine starke Zumuthung jemand überreden zu wollen, daß die Natur vorläufig auf solche Amputationsfälle gerechnet, und daher längst der ganzen Finger und Fuszehen Keime zu Nägeln auf solchen Nothfall ausgesäet hätte etc. Und wie natürlich erklärt sich nicht hingegen die ganze Erscheinung wenn man sie aus der Wirksamkeit des Bildungstriebes herleitet, dessen Tendenz, die äußersten Extremitäten des Körpers, nemlich die Enden der Finger und Fuszehen durch hornichte Nägel zu begrenzen, stark genug ist, um sie im Nothfall auch sogar an ungewöhnlichen Stellen zu reproduciren.

Eine andere eben so bekannte und hier eben so sprechende Erfahrung ist die, wo die Natur den Verlust eines Glieds dessen mannichfaltigen Stoff sie nicht vollkommen hätte ersetzen können, dennoch mittelst einer einfachern etwa knorplichten oder knochichten Substanz zu vergüten sucht, die durch die Kraft des Bildungstriebes in die Gestalt des verlornen Glieds geformt, und so wenigstens zu einigen Gebrauch geschickt gemacht wird. So hat der berühmte Wundarzt MORAND einen Hasen beschrieben, dem lange vor seinem Tode einmal der eine Vorderfus war abgeschossen worden, den ihm die Natur wenn gleich nicht *quoad materiem* doch wenigstens *taliter qualiter quoad formam* durch ein Surrogat, nemlich durch eine pfotenförmige Knochenmasse, die sie hervortrieb, zu ersetzen gesucht hatte[35].

Wenn, wie ich mir schmeichle, schon die wenigen ausgehobnen Phänomene der Zeugung und Reproduction die unleugbare Existenz des Bildungstriebes überhaupt darthun, so giebt es nun unter den zahllosen übrigen verschiedene, die dann ferner dazu dienen können, die Würkungs-*Art* dieser wichtigen Lebenskraft und gleichsam einige ihrer *Gesetze* näher zu bestimmen; und so glaube ich lassen sich vor der Hand wenigstens nachstehende, als simple Resultate ungezweifelter Erfahrungen angeben:

I. *Die Stärke des* Bildungstriebes *steht mit dem zunehmenden Alter der organisirten Körper in umgekehrten Verhältnis.* — Denn, so ausgemacht es z. B. ist, daß es wie oben gedacht, immer eine bestimmte Zeit braucht, bevor sich die erste Spur der neuempfangnen Frucht zeigen kan, eben so ausgemacht ist es hingegen, daß auch sogleich nach Verlauf dieser Zeit die Ausbildung derselben zum Erstaunen schnell und eiligst vor sich geht. Insgemein werden zwar die frühzeitigen menschlichen Embryonen sehr unförmlich abgebildet: allein die Schuld mag wohl mehr an den Zeichnern, oder auch daran liegen, daß dergleichen Abortus etwa äußere Gewalt erlitten, verdruckt, entstellt und unkenntlich worden, oder schon angefangen in Fäulnis zu gehen, und dadurch viel von der ausnehmenden Eleganz verloren haben, die man sonst an ihnen bewundern muß. Ich besitze dergleichen so ungemein saubere menschliche Leibesfrüchte aus den ersten Monaten der Schwangerschaft, zumal einige, die ich der Güte meines theuren Freundes des Hrn. Hofr. BÜCHNER in Gotha verdanke, wo man z. B. bey einer aus der fünften Woche und von der Größe einer gemeinen Werkbiene, die völligen Gesichtszüge, jede

Fingerspitze, jede Fuszehe, die Geschlechtstheile etc. aufs deutlichste erkennen kan.

Und eben diese frühe Würksamkeit des Bildungstriebes erstreckt sich bey weiten nicht blos auf die äußere Gestalt der Embryonen, sondern ist in ihrem ganzen innern Bau fast noch auffallender merklich. Ich bin über die frühzeitige Vollkommenheit der Eingeweide u. a. Theile erstaunt, die ich bey der Zergliederung frischer menschlicher Leibesfrüchte aus den ersten Monaten nach der Empfängnis, gefunden habe. Nur einen Umstand anzuführen, so war im Kopf derselben, der ohngefähr die Größe einer Zuckererbse hatte, und dessen Gehirn noch wie ein weicher Brey war, schon der ganze knorplichte Boden der Hirnhöle (*basis cranii*) mit allen seinen Gruben, Oeffnungen und Hügeln aufs schärfste und deutlichste ausgewirkt, obgleich weder am Keilbein, noch am Felsenbein etc. auch nur die mindeste Spur eines Knochenkerns zu finden war.

So wenig nun bey Voraussetzung der präformirten Keime abzusehen ist, was sie so lange Zeit, nachdem sie an den Ort ihrer Bestimmung angelangt, befruchtet, und zur Entwickelung angereizt sind, demohngeachtet davon zurückhalten kan; eben so wenig steht zu begreifen, warum sie nun nach dieser räthselhaften Pause mit einem mal so plötzlich und gleich zu einer so ansehnlichen Größe sich auswickeln sollen u. s. w. Hingegen hat es nach dem was oben von der nöthigen Vorbereitung der Zeugungssäfte, bevor der Bildungstrieb in ihnen rege werden kan, gesagt worden, nichts schwieriges, daß alsdann dieser neu erregte Trieb in seiner vollen Stärke, in aller seiner noch ungetheilten Thätigkeit die Grundlage der Bildung des neuen Geschöpfs so schnell bewirken kan.

Wie aber auch selbst noch nach der Geburt das gleiche umgekehrte Verhältnis zwischen der Stärke des Bildungstriebes und dem zunehmenden Alter statt habe, ist aus der vorzüglichern Leichtigkeit der Reproductionsversuche bey jugendlichen Thieren, jungen Wassermolchen etc. bekannt.

II. *Wiederum ist dieser frühe* Bildungstrieb *doch bey den neuempfangenen Säugethieren noch ungleich stärker, als bey dem bebrüteten Küchelgen im Eye.* Beym Hühnchen z. B. zeigt sich die allererste Spur der neugebildeten Rippen erst in der 192ten Stunde des Bebrütens. Dieser Termin aber, wenn die ganze Brützeit der Henne mit der Schwangerschaft im Menschengeschlecht verglichen wird, fällt ohngefähr mit der 16ten Woche derselben zusammen. Allein ich besitze selbst menschliche Embryonen in meiner Sammlung, die nicht viel größer als eine gemeine Ameise, die folglich höchstens in die 5te Woche nach der Empfängnis zu setzen sind, und bey welchen sich dennoch die knorplichte Grundlage der bogenförmigen scharfausgewirkten Rippen aufs allerdeutlichste erkennen läßt. Es scheint die Natur eilt bey den lebendig gebärenden Thieren der Frucht so früh als möglich gleich bestimmte Ausbildung zu geben, und sie dadurch für vielen zufälligen Verunstaltungen von gewaltsamen Druck u. a. dergl. Gefahren zu sichern, denen hingegen das in seiner Eyerschaale festverwahrte Küchelgen bey weiten nicht so leicht ausgesetzt ist.

III. *Aber auch bey Formation der einzelnen Theile des organisirten Körpers ist der* Bildungstrieb *bey manchen derselben von einer festern, bestimmtern Wirksamkeit, als bey andern.* — So hat z. B. der alte, aber um die Physiologie unendlich verdiente CONR. VICT. SCHNEIDER angemerkt, daß das Gehirn fast immer seine Bildung so constant erhalte[36]. Wie unendlich häufiger sind hingegen die Varietäten in der Gestaltung der Nieren, der Milchsaftröhre u. dergl.

IV. *Unter die mancherley Abweichungen des* Bildungstriebes *von seiner bestimmten Richtung gehört vorzüglich diejenige, wenn er bey Bildung der* einen *Art organischer Körper, die für* eine *andere Art derselben bestimmte Richtung annimmt.* — So glaube ich mir einige räthselhafte Phänomene erklären zu können, davon ich nicht absehe, wie sie je nur irgend leidlich mit der Einschachtelungshypothese der präformirten Keime sollten verglichen werden können. — Bekanntlich haben die Weiber nach dem ordentlichen Lauf der Natur zur Aufnahme ihrer neuempfangnen Frucht ein einfaches Organ. Die mehresten übrigen weiblichen Säugethiere hingegen ein doppeltes. Nun aber sind die Fälle nicht selten, wo man auch bey Frauenzimmern einen förmlichen solchen thierischen *vterus bicornis* gefunden, so daß es dann von dieser Seite geschienen, als wenn würklich die Iphigenia verschwunden, und ein Reh an ihre Stelle gezaubert wäre. Irre ich nicht, so giebt hier dieses vierte Gesetz des Bildungstriebes den Schlüssel dazu. — Auch die so oft bemerkten Beyspiele von gehörnten Haasen mit vollkommen ausgebildeten kleinen Rehgeweihen auf dem Kopfe würde ich hieher rechnen. Und vielleicht läßt sich eben dahin manche sonst räthselhafte Abweichung im Bau gewisser Gewächse zählen, wie z. B. die von GLEDITSCH beschriebene Erle mit Eichenblättern etc.[37]

V. *Eine andre eben so merkwürdige Abweichung des* Bildungstriebes *ist, wenn bey Ausbildung der Sexualorgane, die beym* einen *Geschlecht mehr oder weniger von der Gestaltung des* andern *annehmen.* Man hat in unsern sceptischen Zeiten auch die Möglichkeit der Zwittergestaltung beym Menschen u. a. warmblütigen Thieren zu bezweifeln beliebt. Und doch hat Hr. VON HALLER hier in Göttingen und neuerlich Hr. JOH. HUNTER in London u. a. m. die genauesten Zergliederungen von Thieren, zumal aus dem Ochsen- und Ziegengeschlechte gegeben, die über die ausgemachte Würklichkeit solcher Zwittergestaltungen keinen Zweifel mehr übrig lassen. In keinem dieser Fälle sind zwar würklich die wesentlichsten Zeugungstheile der beiden Geschlechter, z. B. männliche Geilen und weibliche Eyerstöcke, deutlich und vollkommen im gleichen Individuo verbunden; sondern die

Hauptbildung stellt immer die Genitalien des einen von beiden Geschlechtern dar, offenbar aber zeigen sich dabey im einen oder dem andern Theil die unverkennbarsten Spuren von unvollkommnern Entwürfen zum Bau einiger Sexualorgane des andern. Meist nemlich liegen inwendig wahre männliche Organe, und die äußern hingegen haben dabey mehr oder weniger Aehnlichkeit mit den weiblichen.

VI. *Wenn aber endlich der* Bildungstrieb *nicht blos wie in den vorigen Fällen eine* fremdartige, *sondern eine* völlig wiedernatürliche *Richtung befolgt, so entstehen* eigentlich sogenannte Misgeburten. — Und dennoch ergiebt sich bey einer nähern Beleuchtung aus der bewundernswürdigen Gleichförmigkeit die unter vielen Arten von Monstrositäten herrscht, daß doch auch selbst die Ursachen, die in diesen Fällen dem Bildungstriebe die falsche Richtung geben, dennoch an sehr bestimmte Gesetze gebunden seyn müssen. Wer nur irgend Gelegenheit gehabt hat, eine beträchtlichere Anzahl von Misgeburten unter einander zu vergleichen, oder wer auch nur die sonst freylich so schaalen compilirten Bilder-Bücher davon mit einiger Aufmerksamkeit durchblättert hat, dem kan die auffallende Gleichheit nicht entgangen seyn, mit welcher diese oder jene Art von Monstrosität sich immer selbst bis auf Kleinigkeiten ähnlich bleibt, so daß die Stücke von so einer Art alle wie aus einer Form gegossen scheinen.

Und hier nun noch zuletzt abermals ein Phänomen, bey dessen Erklärung es wieder den Lesern selbst überlassen bleiben mag, zwischen präformirten Keimen oder Bildungstrieb zu wählen. — Manche thierische Misgeburten (z. B. die mit doppelten Leibern und einem gemeinschaftlichen Kopf) sind von der Art, daß sie nach der ausdrücklichen Behauptung des Hrn. VON HALLER und andrer Verfechter der Keime nicht etwa durch das Zusammenwachsen zweyer Keime und andere dergleichen Zufälle entstanden seyn, sondern in der ursprünglich-monstrosen ersten Anlage eines einzelnen Keims ihren Grund haben sollen: d. h. sie waren schon von je als Misgeburt präformirt. Nun aber — sind diese Misgeburten unter gewissen *Hausthieren* so gemein, und doch unter den wilden Thieren *derselben Art* fast unerhört. Soll das also der Schöpfer so prädestinirt haben, daß von den in einander geschachtelten Keimen einer Gattung von Thieren, z. B. von Schweinen, die monstrosen gerade dann erst an die Reihe der Entwickelung kämen, wenn der Mensch sich diese Thiere unterjocht haben würde; und daß diese Keime zu Misgeburten dann auch gerade blos den unterjochten und nicht den zu gleicher Zeit wild lebenden Individuis zur Entwickelung anheim fallen müßten.

Hingegen hat es hoffentlich nichts wiedersinniges anzunehmen, daß nach der Unterjochung der Hausthiere, wodurch ihr ganzes Naturel gleichsam umgeschaffen worden, ihre ganze körperliche Oekonomie so viele Veränderung erlitten; daß dann auch ihr Bildungstrieb etwas von seiner sonstigen Bestimmtheit verloren hat, und daß folglich diese Thiere, so wie sie dadurch in zahllose *Spielarten* degeneriren, so auch den Monstrositäten häufiger unterworfen seyn können.

Dieß wären dann meines Bedünkens die vorzüglichern Beobachtungen und Erfahrungen, die zum Erweis des Bildungstriebes und der nähern Bestimmung einiger seiner Gesetze dienen können, und die mich immer mehr und mehr von der sonst von mir beyfälligst bewunderten Theorie der eingeschachtelten Keime zurückgebracht und eben auf diese ihr sehr entgegengesetzte Bahn geführt haben. Mit aller Hochachtung für den behutsamsten philosophischen Scepticismus, konnte ich bey einem solchen Ueberwicht von augenscheinlichen Gründen doch unmöglich meiner sinnlichen Ueberzeugung entgegen kämpfen; unmöglich bey solchen Beobachtungen so wie dort die gute Matrone in den Erzählungen der MARGARETHE von Navarra, — da sie auch eine unerwartete, und ihrem sonstigen System wiedersprechende Beobachtung machte die auf den Bildungstrieb einen sehr directen Bezug hatte, — ausrufen: "Behüte mich der Himmel, daß mein Herz nicht etwa glaubt, was meine Augen sehen!"

Fußnote

[31] "Démontrer une erreur, c'est plus que découvrir une verité: car l'on peut ignorer beaucoup; mais le peu que l'on sait, il faut au moins le savoir bien." *in der Vorrede zum* Ess. anal. des fac. de l'ame.

[32] Eine Gattung Wasserfaden, *die* Linné *die* Brunnenconferve *(*conferva fontinalis*) nennt.*

[33] Wie z. B. nidus pulli, bulla, amnion, figura venosa *etc.*
[34] Pechlin und Tulp haben dergleichen Fälle beschrieben.

[35] "c'etoit", *wie er sich ausdruckt* "une espèce de jambe de bois, dont la nature seule avoit fait les frais."

[36] "In corpore humano" *sagt er* "nulla pars faciem suam rarius mutat quam cerebrum."

[37] Betula alnus quercifolia. s. Gleditsch hinterlaßne Abhandl. das practische Forstwesen betreffend.

Schluß

INHALT